ODE

SUR

L'ETRE INFINI.

IMPRIMERIE DE MIGNERET, RUE DU DRAGON, N°. 20.

DIEU,

L'ETRE INFINI,

OU LE PRINCIPE

VERS LEQUEL TEND L'INTELLIGENCE HUMAINE,

ODE

ACCOMPAGNÉE DE NOTES où l'on développe les relations qui, en démontrant la tendance de l'homme à un Principe supérieur, manifestent en lui des facultés actives, distinctes des forces organiques bornées aux affections sensibles.

Découvrant l'infini dans sa propre grandeur,
L'homme qui se connaît, s'élève à son Auteur.

PAR J. B. M. GENCE,

Membre de plusieurs Sociétés littéraires.

Édition à laquelle, on a ajouté le texte revu de la même Ode, avec les citations de l'Écriture qui s'y rapportent.

A PARIS,

CHEZ MIGNERET, IMPRIMEUR-LIBRAIRE, RUE DU DRAGON, N.º 20.

1825.

CHARE

VIRIS MULTIS

GILBERTE,

PIUM ACCIPE CARMEN,

TU PER QUEM

TOT COGNOVI

SUMMI ENTIS

AMANTES!

DEDICATUM

Josepho Gilberto, Bibliophylaci et linguarum Interpreti,
Academiæ Celticæ socio, etc.

DISCOURS
PRÉLIMINAIRE.

~~~~~~~~~~~~

§. I. Motifs. *Sujet et forme de l'Ouvrage.*

§. II. Caractère *du genre de Poésie.*

§. III. Mode *d'exécution de l'Ode.*

---

§. I. Motifs.

Dans un ordre social bien réglé, où les lois
et les mœurs sont en harmonie, une saine
philosophie ne sépare point la sagesse de la
science : si la raison éclaire la morale, celle-
ci à son tour soutient la raison; mais elle
s'appuie sur cette Unité immense, sa véritable base, et le principe de tout ce qui est
bon, généreux et élevé.

Cet état de choses devient celui de la nation Française sous l'empire d'un Gouvernement réparateur qui tire de ses actes sa plus grande force et de l'opinion sa principale puissance.

Revenus à des principes de justice qui règlent l'hiérarchie sociale sans la détruire, on pense, on juge plus sainement ; et la morale se rattache à l'idée d'un Dieu. C'est cette disposition que je saisis pour rappeler, pour fixer, s'il est possible, par le langage mesuré, l'attention de l'homme sur ce grand objet.

Mon dessein, en contribuant à rendre la poésie à sa dignité, est de fortifier ces idées et ces sentimens religieux qui, dégagés de toute faiblesse et de tout préjugé, sont si propres à élever l'ame, à lui donner un point d'appui, et, en l'attachant aux principes des vertus sociales, lui font mieux aimer et les lois et les hommes qui s'y conforment (1).

---

(1) « La Religion, en insinuant sans cesse cette maxime, » *Aimez-vous les uns les autres,* excite et nourrit dans

Dans ces temps d'une fausse et avilissante philosophie, l'homme individuel a été dégradé par *l'athéisme*, et l'homme social, presque dissous par *l'anarchie*, suite de la dégradation morale. Il faut montrer à l'un, sa grandeur dans l'Être infini, auquel l'ame tend et s'élève ; à l'autre, sa véritable force dans la Puissance que représente l'autorité d'un chef qui agit pour le maintien et la défense des droits de tous.

La raison et le sentiment dans l'homme ont été presque éteints par la *barbarie* et *l'égoïsme* (1), suites de l'anarchie. Il faut

---

» l'homme les sentimens tendres et affectueux : elle porte » les peuples à la douceur et à la paix, et rend les guerres » de parole ou de fait moins âpres et moins meurtrières. » (Ant. Lasalle, *Bal. natur.*) Cet effet, l'auteur que je cite, l'attribue sur-tout à la Religion Chrétienne. Le philosophisme ne lui a pas pardonné d'avoir professé de semblables maximes, et d'avoir reconnu et admis la nécessité d'un Principe élevé au-dessus des lois naturelles et humaines.

(1) *L'athéisme*, *l'anarchie*, la *barbarie* et *l'égoïsme*,

éveiller son intelligence par la contemplation de cette Sagesse qui préside aux beautés de l'ordre ; il faut exciter sa piété et son humanité par la vue d'un Être bienfaisant et paternel.

C'est pour atteindre à ce but collectif, que j'ai formé le plan d'une suite d'odes dont voici les titres :

L'ÊTRE INFINI.

L'ÊTRE PUISSANT.

L'ÊTRE SAGE.

L'ÊTRE BON.

Le sujet de ces odes et l'importance de leur objet, annoncent qu'elles appartiennent à un genre non moins sévère que sublime.

---

forment les quatre degrés successifs de la période lente ou rapide que les sociétés plus ou moins avancées parcourent, dans cet état de crise produit et entretenu, d'un côté, par les vices des administrés, et de l'autre, par les abus du régime.

Leur caractère, par cela même, différant de celui des autres genres connus, il est nécessaire de l'établir, et d'en développer les motifs.

§. II. CARACTÈRE.

C'EST le concours de la philosophie et de la Religion (1) qui distingue ce nouveau genre de l'Ode; car la poésie lyrique sacrée ne nous offre que des odes morales, et point d'odes philosophiques *proprement dites* (2).

---

(1) Ce concours ne peut choquer que les esprits superficiels ou préoccupés, qui ne voient rien ou ne veulent rien voir dans la nature au-delà des forces matérielles. Je leur oppose cet aveu de Bacon lui-même, l'un des philosophes qu'ils préconisent le plus; savoir, « qu'une teinture légère » de philosophie peut disposer à l'athéisme, mais que des » vues plus profondes et plus réfléchies ramènent à la Reli- » gion. » *Leves gustus in philosophiâ movere fortasse ad atheïsmum , sed pleniores haustus ad Religionem redu- cere.* De dignit. et augm. Scient. lib. 1.

(2) Ce n'est pas qu'on ne trouve de la philosophie dans quelques odes de J. B. Rousseau et de Lefranc; mais c'est la morale qui en fait le principal caractère.

Mais la philosophie convient-elle à la poésie, et en particulier à l'ode ? Je dois dire ce que j'entends par *philosophie*. Comme la morale est une science de règles qui a pour objet, non-seulement l'honnête, mais l'utile (1) ; la philosophie est une science de lois qui a pour objet, non - seulement le *vrai*, mais le *bon*, et qui résulte de l'accord général de la raison et du sentiment. *Voyez* le TABLEAU MÉTHODIQUE, *pag. 23 et suiv.*

Ainsi, toute philosophie soit technique, soit abstraite, qui ne ferait que raisonner, quelque appropriée qu'elle fût, par une main habile, à toutes les formes mécaniques du langage, ne serait pas pour cela propre à la

(1) Sans l'honnête joint à l'utile, s'il n'est point de véritable moralité dans les actions humaines, *vice versâ* il ne suffit pas d'être honnête, *il se faut entr'aider, c'est la loi de nature.* De même, en philosophie, la connaissance du bon suppose celle du vrai ; mais le vrai, sans le bon, est trop souvent oiseux et stérile. *Vitam impendere vero et bono,* telle est la devise complète du philosophe.

poésie. Il n'en est pas de même de celle qui s'appuie sur le sentiment : l'énoncé d'une vérité intéressante et généralement sentie, s'allie très-bien avec l'expression du *grand* et du *gracieux*, qualités qui déterminent les deux modes du beau poétique, et le style qui y correspond (1). D'un autre côté, la saine poésie, soit noble, soit gracieuse, est plus ou moins sévère suivant le degré de pureté de son objet : voilà encore un point de contact où une sage poésie s'unit à la philosophie. Enfin, la qualité commune à toutes les poésies

---

(1) La *propriété* et la *précision* sont les deux caractères du style philosophique qui est l'expression du vrai, comme la *grandeur* et la *grâce* sont les deux qualités du style poétique qui est l'expression du beau. On verra dans un ouvrage *sur la Méthode*, dont cette note est extraite, que ces caractères et ces qualités se combinent parfaitement; et tel est le résultat de leurs combinaisons :

$$
\begin{array}{l}
\text{La \emph{propriété}, combinée} \left\{ \begin{array}{l} \text{avec la grandeur,} \\ \text{avec la grâce,} \end{array} \right\} \text{produit} \left\{ \begin{array}{l} \text{la gravité} \\ \text{l'élégance} \end{array} \right. \\[3mm]
\text{La \emph{précision}, combinée} \left\{ \begin{array}{l} \text{avec la grandeur,} \\ \text{avec la grâce,} \end{array} \right\} \text{produit} \left\{ \begin{array}{l} \text{la force} \\ \text{la concision} \end{array} \right.
\end{array} \right\} \text{du style.}
$$

d'un ordre supérieur, c'est la grandeur
des pensées et des images, en action dans
l'épopée et la tragédie, et en sentiment dans
la poésie lyrique. La philosophie qui joint à
la pureté, à la noblesse des principes, la pureté et la noblesse du sentiment, est donc
propre à l'ode.

Mais combien elle lui convient, et quelle
dignité, quel caractère elle lui prête, lorsqu'elle s'unit à la Religion ! C'est la haute
philosophie, plus encore que la haute morale, qui constitue l'ode sacrée, parce que
l'esprit, dans sa marche progressive, partant
de ce qu'il aperçoit, de ce qu'il reconnaît
en lui de bon, de grand et de beau, ne re-
monte pas seulement aux règles du beau, du
bon et du grand, mais à leur principe. L'ame
du poète, dont les affections s'étendent, se
fixent et s'épurent, en s'élevant ainsi, ne
s'emporte pas. Dans ses mouvemens les plus
grands, tout est lié ; tout est franchi sans se-
cousse : la majesté du vol égale la sublimité

de

de l'essor, Il en est de même de la poésie du style : son coloris, son éclat est la *lucidité*, et non un vain fracas de couleurs. *Non stre- pens ruit, sed assurgit et nitet.*

Le Lyrique (1) qui a dit, « l'ode est le vé- » ritable champ du sublime et du pathéti- » que » (c'est-à-dire du passionné), en a saisi d'un côté l'étendue ; et de l'autre, il l'a trop restreinte. Pour l'embrasser toute entière, et mettre de l'accord et une égale dignité dans les termes qui la caractérisent, il devait par- tir du degré le plus pur de la passion, comme du plus haut degré d'élévation de la pensée, et définir l'ode *le véritable champ du su- blime de la pensée et du sentiment* (2).

----

(1) J. B. Rousseau.

(2) Cette définition est vague sans doute : mais je n'ai pu que rectifier une des expressions du Lyrique Français. Je pense même que, par son énoncé, l'auteur a voulu, non proprement définir l'ode, mais indiquer le caractère de ce genre de poème.

Le sublime et le passionné peuvent subsis-
ter ensemble dans l'ode héroïque, et même
dans l'ode morale (1) : mais dans l'ode dont
je parle, à moins que notre faiblesse ne nous
fasse un besoin de l'exagération et du con-
traste, le sublime et le passionné s'associent
rarement. L'esprit qui anime ce genre sacré,
plane en quelque sorte au-dessus des passions
terrestres, et dédaigne les images trop matérielles. Il emprunte à la poésie, à la nature,
ce qu'elle a de grand, de lumineux, de simple ; et c'est-là son seul ornement.

On a comparé l'ode Pindarique à un tor-
rent, l'ode morale à un fleuve : je compare
l'ode *philosophique et sacrée* à une source
dont les eaux, élevées sur un vaste sommet,
réfléchissent, en s'épanchant, un ciel majestueux et pur. Tel est ce genre de poésie,
vraiment *divin* par son objet, et par la pureté

---

(1) Voyez, *pag.* 21, les divisions de l'ode de la haute
poésie.

de ses motifs (1). Il faudrait être bien peu
sensible au mérite de la simplicité et de la

---

(1) C'est à ce genre qu'appartient proprement le style
sublime de l'ode. Le mode de poésie sacrée pris sans distinction chez les prophètes, a de là grandeur sans doute ;
mais la magnificence du style, ou le pathétique de l'expression, est plus pittoresque que sublime ; et ce style n'a été
employé par les prophètes, que lorsqu'il s'agissait de dé-
crire la pompe des objets, ou de peindre les passions
fortes, chez des peuples tout *cérémoniels* et tout sen-
suels. Il a manqué à nos poètes lyriques de s'être atta-
chés spécialement aux beautés simples que les mêmes prophètes et sur-tout Isaïe et David leur offraient au milieu
de ce luxe et de ces hardiesses du style figuré. Il leur
a manqué sur-tout de s'être pénétrés de là noble et céleste simplicité des Evangiles. Ils auraient senti que l'ode
est d'autant plus élevée, qu'elle subordonne dans l'expression les sens à l'intelligence, les sensations au sentiment.
Ils auraient reconnu que la concision est dans l'ode sublime
la vraie grâce du style ; que la pureté et la sérénité y rem-
placent la richesse et l'éclat.

Ce caractère de *grandeur simple et concise* n'a point
échappé aux docteurs Lowth et Blair, qui l'ont regardé
comme le mode propre des Lyriques sacrés, et sur-tout
des anciens poètes originaux. (Lowth, *De poës. Hebr.*
— Blair, *Lect. on Rhet.*) Le dernier fait même cette

grandeur réunies, pour oser dire qu'un tel genre n'atteint point à la hauteur de l'ode, lorsqu'il en occupe la cime.

---

remarque décisive, qu'Isaïe, le plus éminent de tous ces écrivains et qui a le plus de majesté, est aussi celui dont les poésies en général offrent le plus de clarté et d'ordre.

C'est principalement sous ces rapports, qu'Isaïe et David sont au-dessus de toute comparaison. « Le paral- » lèle qu'on établirait entre eux et les auteurs profanes (dit M. de Sainte - Croix, *tom. 48 des Mém. de l'Acad. des inscript. et belles-lettres, pag. 2*) » ne servirait qu'à » faire mieux sentir toute l'infériorité de ces derniers. » Si notre Lyrique Rousseau a de grandes qualités, c'est que David lui a servi de modèle. Que ne doit point Racine à Isaïe, dans ses beaux chœurs d'Athalie et d'Esther, dont le mérite principal est l'élévation et la simplicité, si ce n'est la concision que le sujet sans doute ne compor- tait pas !

La haute poésie, par l'influence d'une Religion vraiment sublime lorsqu'elle est bien entendue, s'était élevée en France à un grand degré de pureté vers la fin du 17.ᵉ siècle et dans les premières années du 18.ᵉ Mais l'on ose dire qu'elle eût pu s'épurer et s'élever encore sous la plume d'un Racine ou d'un J. B. Rousseau, si la

Tout a ses degrés. Le sentiment grand dont l'ode de la haute poésie est l'expression, peut être plus ou moins *vif*, plus ou moins *étendu* :

$$
\text{Un sentiment}
\begin{cases}
\begin{array}{l} impétueux \\ expansif \end{array} \Bigg\} \;\; \text{domine dans l'Ode} \;\; \begin{cases} \text{HÉROÏQUE (1).} \\ \text{MORALE.} \end{cases} \\[3em]
\begin{array}{l} profond \\ élevé \end{array} \Bigg\} \;\; \text{caractérise l'Ode} \;\; \begin{cases} \text{PHILOSOPHIQUE.} \\ \text{SACRÉE.} \end{cases}
\end{cases}
$$

Mais ce dernier genre, aussi simple qu'éminent, peut-il exister sans mélange ? et la poésie la plus auguste peut-elle créer le sublime pur ? On sent que tous les genres

cour du Régent et l'école de Voltaire n'avaient commencé et accéléré la dégradation des mœurs et de la langue.

(1) Ode *dite* de Pindare, où le poète s'attachait à célébrer la force *physique* et les autres qualités extérieures des héros, plus encore que leurs qualités morales.

voisins se mêlent, et que l'échelle lyrique qui précède exprime seulement quelques points d'une gradation dont c'est ici le dernier terme.

Ces deux modes, la *profondeur* et l'*élévation*, ne sont que le point de vue divers de la grandeur. Il résulte, de leur réunion dans le même sujet, un genre parfaitement un. Tel est le caractère du genre *philosophique et sacré* (1).

---

(1) La division graduée ci-dessus n'est point particulière à l'ode : elle peut servir en général à distribuer la poésie dans ses différens modes. Et cet ordre est d'autant mieux fondé, que les diverses sections ou branches qui le forment, correspondent, dans le classement progressif des Connaissances, aux points de division de l'*Histoire*, qui est la véritable souche de la *Poésie*. Ainsi la Littérature se trouve liée à la Science ; leur sujet ou leur objet est le même, et elles s'appuient ou s'éclairent mutuellement.

Voyez le TABLEAU MÉTHODIQUE ci-après, (1.re rangée horizontale.)

TABLEAU MÉTHODIQUE,

OU

CLASSIFICATION GÉNÉRALE

DES CONNAISSANCES.

Appendice aux paragraphes I et II qui précèdent; servant à démontrer le caractère et le plan de l'Ouvrage, par l'objet et l'ordre du Tableau.

Nota. Le *Tableau Méthodique*, dans lequel on a en vue l'ensemble général des diverses connaissances, leur objet propre et respectif, et l'ordre graduel soit inductif, soit déductif de leurs rapports, ce tableau, dis-je, appartient avec toutes les explications et tous les développemens dont il est susceptible, à un *Traité sur la Méthode*, auquel il sert de base. Mais j'ai cru que, dans un ouvrage où la poésie est subordonnée à la philosophie, et la philosophie à la Religion, un semblable tableau serait d'autant moins déplacé, que plusieurs notes du discours et de l'ode s'y rapportent, et que la science dans le tableau comme la poésie dans l'ode se dirigent également vers le grand principe de l'unité et de l'ordre.

TABLEAU.

TABLEAU METHODIQUE.

MOYEN ou *Instrument* DE LA SCIENCE.		PLAN ou *Sujet* DE LA SCIENCE.		BUT ou *Objet* DE LA SCIENCE.	
ÉLÉMENS, ou **Histoire.**	IDÉOGRAPHIE, OU *Methode descriptive.* Analyse et Développement des idées de *relation des effets aux causes.*	HISTOIRE PHYSIQUE. *Faits particuliers.* Rapports aux *Agens* et organes.	HISTOIRE MORALE. *Faits particuliers.* Rapports aux *Facultés* et fonctions.	HISTOIRE PHILOSOPHIQUE. *Faits généraux.* Rapports aux *Puissances* et FORCES.	HISTOIRE SACRÉE. *Fait principal.* Rapports à la CAUSE-PRINCIPE.
THÉORIE, ou **Sciences** proprement dites.	IDÉOLOGIE, OU *Methode collective.* Analogie et Classement des idées de *relation des faits aux lois.*	PHYSIQUE. *Lois particulières,* ou *Règles.* Subordination graduée des rapports aux organes et agens.	MORALE. *Lois particulières,* ou *Règles.* Subordination graduée des rapports aux facultés et fonctions.	PHILOSOPHIE. *Lois générales,* ou Coordination des rapports aux Puissances et Forces.	THÉOSOPHIE. *LOI principale,* ou Primordination des rapports à la Cause-Principe.
PRATIQUE, ou **Arts.**	IDÉOTECHNIE, OU *Methode operative.* Détermination technique des idées et signes de relation.	ARTS MÉCANIQUES. Usage des Règles appliquées aux constructions et opérations.	BEAUX-ARTS. Usage des Règles appliquées à la composition et à l'expression.	ÉCONOMIE SOCIALE. Application des Lois à la constitution et au régime des sociétés.	RELIGION ou Culte. Reconnaissance formelle du Principe des Lois.

§. III. Mode.

Ce qui a été dit du caractère, peut s'appliquer au mode. Ce mode sera simple et grand, mais plus ou moins sévère selon le sujet. L'ode sur l'*Être infini*, la principale et la plus grave des quatre odes que j'ai annoncées, est, comme telle, l'une des plus propres à donner une idée de ce genre de poésie. Je me borne donc, quant à présent, à la publication de la première de ces odes. C'est celle qui comporte le plus de cette grandeur qui lie les parties d'un tout noblement animé et sagement diversifié. C'est ici sur-tout qu'il m'a fallu tâcher de ne pas perdre de vue ces trois qualités essentielles ; savoir : dans le plan, la grandeur des idées et la pureté de sentimens réunies à la vivacité des images ; et dans le style, l'*élévation* jointe à la *simplicité* et à la *concision*.

Quant au mécanisme de la versification,

j'ai dû choisir, par les mêmes motifs, un rhythme analogue à la majesté du sujet. Et comme il n'existe pas de milieu pour l'ode entre le vers de huit syllabes et celui de douze, j'ai préféré le mètre alexandrin, sans mélange d'aucune autre mesure. Mais pour en mieux varier la cadence, et ne point faire les masses trop fortes, j'ai pris le nombre impair de sept vers par strophe : c'est seulement un de plus que le nombre employé dans l'une de nos plus belles odes sacrées et morales, qui est toute en grands vers (1).

---

(1) C'est l'ode de Rousseau qui commence ainsi :

Qu'aux accens de ma voix la Terre se réveille, etc.

Ce début, pris du Cantique de Moïse (Deutéron. 32),
Audite Cœli quæ loquor, audiat Terra verba oris mei, etc.

Cieux écoutez ma voix, Terre prête l'oreille, (RAC.)

appartient par son élan à l'ode impétueuse dont j'ai parlé.
Mais, sauf la première strophe, tout le reste est purement moral, et ne respire nullement l'enthousiasme. Cependant l'ode n'en est pas moins belle; et la gravité du mètre et la sagesse des pensées lui donnent un caractère sublime qui la rapproche de l'ode philosophique, et qui démontre la supé-

L'ode sur l'*Être sage* n'aura pas moins d'unité et de liaison que l'ode sur l'*Être in-fini ;* mais ses formes seront moins grandes.

L'ode sur l'*Être puissant,* et l'ode sur l'*Être bon,* seront susceptibles de quelque variété dans le mètre. Elles sont de nature à offrir l'une plus de force et de vivacité, l'autre plus de douceur et de tendresse ; en conservant toutefois le caractère d'un genre qui ne permet ni l'abandon ni le désordre.

---

riorité de ce dernier genre, lorsqu'il est traité de main de maître. Probablement le corps de l'ode avait été d'abord composé, et il y manquait une tête : celle que Rousseau y a mise, est pleine de feu ; mais elle ne va point au corps. On croirait que le poète s'apprête à nous frapper par la manifestation des actes ou du moins des oracles de la Sagesse toute-puissante : bien loin de là ; il fait entendre l'accent d'une justice sévère, mais calme. Dans le Cantique, c'est Dieu qui s'exprime avec force par l'organe de Moïse, et qui continue de parler avec une grandeur soutenue : il y a plus d'accord. Racine a placé plus convenablement que ne l'a fait Rousseau, le début du Cantique de Moïse en tête de la prophétie de Joad, qui est une véritable ode dithyrambique.

Employer le style figuré , les images , sans gradation et sans mesure , c'est , dans toute poésie , s'écarter de cette juste convenance qui fait le naturel , et sacrifier la vérité à la fausse vigueur de l'effet. Dans la poésie la plus élevée , ce serait détruire le grand et le beau. Mais dans l'ode sur l'*Être infini,* c'eût été matérialiser en quelque sorte le sujet , et aller directement contre mon but.

Ce but , quel est-il ? d'inspirer aux amis de la science et des lettres , à l'aide de la poésie épurée par une saine philosophie , des sentimens qui les élèvent à la source de cette grandeur que cherche leur esprit. Je ne mêle rien de profane à ce vœu pour la Religion. Que le plan ou l'exécution soit plus ou moins conforme au caractère qui a été tracé ; si je remplis mon objet , si je sers mes concitoyens en contribuant à rendre à la morale dégradée sa base consolante et sublime , j'aurai réussi.

SOMMAIRE DE L'ODE.

Coup-d'œil jeté sur l'infini. — L'infinité en vîtesse et en durée. — L'infinité en nombre et en étendue. — Dieu, la lumière immense. — Dieu, centre de l'attraction universelle. — Sphères, ordre inférieur. — Sphères, ordre supérieur; sommet de l'échelle des intelligences. — L'esprit pur, incompréhensible aux sens. — L'Être par excellence. — L'ame humaine s'élançant vers l'Être. — L'esprit de l'homme atterré, et se relevant. — L'activité du desir; l'espoir céleste de la Vertu. — Le mal causé par le Vice et l'impiété : la répression du mal. — La Justice suprême; le bonheur. — Obstacle au bonheur, et à la vue de Dieu : la matière, le corps. — Nous ne voyons rien que corporellement. La puissance de Dieu figurée. — Description d'un Dieu terrible. — Peinture d'un Dieu paisible. — Dieu représenté sous les Cieux par les chefs et les législateurs des nations. — Portrait du législateur des Chrétiens, ou l'image de Dieu sur la terre. — L'homme épuré. Dieu sans figure. — La vue de l'Être infini.

~~~~~~

DIEU, L'ÊTRE INFINI,

OU LE PRINCIPE

VERS LEQUEL TEND L'INTELLIGENCE HUMAINE.

ODE

PHILOSOPHIQUE ET SACRÉE.

(Coup-d'œil jeté sur l'infini.)

Où porté-je ma vue impuissante et hardie ?
La mer ne fut jamais par l'homme approfondie[1] :

---

[1] *La mer ne fut jamais par l'homme approfondie.* Cela
est vrai par le fait : seulement on estime que la profondeur
de la mer peut être égale à celle des vallées que forment
nos plus hautes montagnes.

La mer a nécessairement de plus étroites limites que le
globe dont elle fait partie. Mais comme elle présente à l'œil
une vaste étendue qui donne l'idée d'une profondeur in-
déterminée, ou d'un abîme, elle est regardée dans les Écri-
tures comme l'image de l'infini. *Nunquid ingressus es
profunda maris ?* « Es-tu jamais entré dans les profondeurs
» de la mer ? » s'écrie Job, c. 38, ꝟ. 6.

Et l'homme ose des Cieux sonder l'immensité !
Il croit te découvrir, sublime Vérité [1] !
Il croit, lorsque le Temps circonscrit son génie [2],
Mesurer le rayon de la sphère infinie [3],
Et pénétrer au sein de la Divinité.

---

[1] *Il croit te découvrir, sublime Vérité !* C'est-à-dire, il croit parvenir à connaître la vérité simple et pure, la vérité nue. Cette vérité n'étant autre que la Divinité elle-même, l'homme ne peut qu'aspirer à s'unir à elle par le recueillement intérieur. Il ne peut que dire avec un sentiment profond : *O Veritas Deus ! fac me unum tecum !* « O Vé- » rité, Dieu grand, fais que je ne sois qu'un avec toi ! » *Imitat. chap. 3.*

[2] *.... Le Temps circonscrit son génie.* L'enveloppe corporelle, l'atmosphère, l'espace, tout nous circonscrit ou nous renferme dans le cercle du temps.

[3] *Mesurer le rayon de la sphère infinie.* Il s'agit, non de cet infini absolu, *dont* (comme dit Pascal, d'après un ancien philosophe qui l'applique à Dieu) *le centre est par-tout et la circonférence nulle part,* mais de la sphère univer- selle des choses, à laquelle on peut supposer un centre qui échappe sans cesse dans l'infiniment petit, et une circonfé- rence qui fuit et s'étend sans cesse dans l'infiniment grand.

L'infinité

(L'infinité en vîtesse et en durée.)

Dieu, de la vie humaine, a borné la carrière [4] :
Qui peut borner de Dieu le règne illimité ?
Les traits brillans du jour, du soleil à la terre
Franchissent l'intervalle avec légèreté :

---

[4] *Dieu, de la vie humaine, a borné la carrière.* A ne considérer que les causes naturelles qui agissent sur nous; si c'est une nécessité que les solides acquièrent de bonne heure assez de consistance pour résister à l'action vive du fluide qui nous pénètre, et qui donne au sang dans l'enfance une chaleur proportionnelle plus grande, cette nécessité empêchera toujours que l'on ne puisse reculer indéterminément le période de la gestation, celui de l'accroissement, et par conséquent le terme de la vie humaine. C'est ce qui rend chimérique l'idée du prolongement indéfini de la durée de l'homme physique, rêvée par de prétendus philosophes, les mêmes qui voudraient embellir ou perfectionner l'espèce, et qui refusent à l'ame l'immortalité et la spiritualité propre qu'ils accordent à la matière et au corps. *

* La Hausse ! tu n'es point de ces sophistes vains.
Tu ne veux que nous rendre et nous maintenir sains.
Tel qu'un pur chyle, extrait de sucs élémentaires,
Ton *agent* est pour l'homme un vrai réparateur.
Pouvait-on mieux marquer ses vertus salutaires,
Qu'en lui donnant le nom de *Régénérateur* ?

3

La pensée, en son vol plus rapide et plus ferme,
Se fatigue, s'épuise, et n'atteint point le terme
De l'instant qui doit être, est, a toujours été[1].

(L'infinité en nombre et en étendue.)

ART qu'enfante Uranie[2], ose, toi qui dénombres

---

[1] *De l'instant qui doit être, est, a toujours été;* ou
plutôt, qui n'a point été et qui ne sera point, mais qui est
simplement parce qu'il est éternel. *Non fuit, nec erit, sed
est solùm quoniam æternum est.* S. Aug. *C. liv.* 9, *ch.* 10.
L'instant éternel est nécessairement unique; et l'on ne doit
point dire avec le poète Lebrun, en parlant de Dieu, que
le temps *ne saurait mesurer un seul de ses instans.* Ce
serait supposer une suite d'instans éternels. L'instant de Dieu
est un, parce que Dieu est immuable.

[2] *Art qu'enfante Uranie.* Par *Uranie* on entend moins
l'une des neuf Muses, que le Génie astronomique. C'est de
l'astronomie qu'a dû naître, avec la haute géographie, la
science du calcul ou l'art d'exprimer par des signes analyti-
ques la quantité mesurée. Les opérations de cet art dont les
signes nous ont été transmis par les Arabes, annoncent une
arithmétique très-anciennement simplifiée; comme les
grandes mesures géodésiques recueillies par les Grecs, indiquent une géographie perfectionnée dans des temps très-
reculés, ainsi que l'a observé M. Gossellin, auteur de
Recherches sur la Géographie ancienne, dans lesquelles

Les lumières des cieux [3], percer l'infinité.
Poursuis, savant Calcul : qu'un long ordre de
  nombres ,
Sans cesse, en avançant, à lui-même ajouté,
Soit au plus haut degré de puissance porté [4];

---

cette science est rattachée par des déterminations précises à
ses bases astronomiques.

[3] ..... *Toi qui dénombres les lumières des cieux, etc.*
Mécaniciens-astronomes, rendez vos télescopes plus puis-
sans par l'alongement du foyer, et plus nets à l'aide des
miroirs de platine; vos instrumens n'auront jamais qu'une
force limitée comme la portée de votre vue. Que le fameux
observateur anglais ait découvert jusqu'à quinze mille étoiles
dans l'intervalle de quelques degrés ; que l'astronomie du
collége de France parvienne à former un catalogue de qua-
rante mille étoiles dont la position soit exactement déterminée, ce n'est-là qu'une nomenclature un peu plus grande
que celle des plantes de notre globe. On va voir, dans la
strophe suivante, quel est le *verus mensor cœli et nume-
rator syderum,* suivant l'expression de S. Augustin, c'est-à-
dire à qui il appartient véritablement de mesurer les cieux
et de dénombrer les étoiles.

[4] .... *Qu'un long ordre de nombres..... soit au plus
haut degré de puissance porté, etc.* Pour avoir l'idée d'un
nombre vraiment extraordinaire, figurez-vous, avec l'auteur

As-tu trouvé le fond de ces abîmes sombres ?
Vains efforts ! l'infini tout entier est resté [1].

---

du *Désordre régulier*, une sphère dont le rayon soit à la
distance des étoiles à la terre, ce que cette distance est à la
millionième partie d'une ligne. Remplissez cette sphère, de
chiffres 9, égaux en surface au plus petit caractère d'imprimerie, et en épaisseur au papier le plus mince ; puis, rangez-
les sur une seule ligne, et énoncez-en, si vous pouvez, la
somme : enfin, supposez ce nombre total élevé à la puissance marquée par lui-même ; vous aurez alors un nombre
effrayant, mais vous n'aurez encore qu'un nombre fini.

[1] ... *L'infini tout entier est resté*. Tout nombre, quelque
grand qu'il soit, n'entame point l'infini, dont le fini ne fait
jamais partie. Il n'y a pas proprement de série infinie, parce
qu'il est toujours possible d'ajouter à une progression de nou-
veaux termes.

L'infini en étendue n'existe pas plus que l'infini en nombre.
Théoriquement parlant, les asymptotes peuvent bien avoir
avec les branches de l'hyperbole un point de contact infiniment éloigné du sommet de la courbe ; mais, par le fait,
ce point de contact n'existe pas. Toutes les hyperboles et
les paraboles réelles ne sont pas moins finies que la ligne
droite effective, la ligne circulaire ou l'elliptique, qui ont
nécessairement une extrémité ou une limite, quoiqu'on
puisse la prolonger ou l'étendre indéfiniment.

(Dieu, la lumière immense.)

C'est Dieu, c'est le Soleil éclairant l'Empyrée [1],
Qui seul luit par-delà l'espace et la durée,
Parcourt, mesure tout, voit tout du même point,
Ne s'est jamais levé, ne se couchera point [3].
Qu'un nuage léger voile un instant sa face ;

---

[1] *C'est Dieu, c'est le Soleil,* etc. ; selon l'Ecriture, la vraie lumière éclairant le monde. (*Lux vera illuminans mundum,* Joann. *cap.* 1, ℣. 9.)

Le poète Haller a eu également en vue ce passage dans son ode sur Dieu ; ce qui fait que les deux odes semblent ici se rencontrer, quoique du reste elles diffèrent essentiellement et par le plan et par les détails.

[3] ..... *Ne se couchera point* *. C'est proprement l'expression d'Isaïe (ch. 6) : *Non occidet ultrà sol tuus, quia erit tibi Dominus in lucem sempiternam.* « Votre soleil » désormais ne se couchera plus ; ce sera Dieu lui-même » qui vous éclairera éternellement. »

* Le mot *loin,* qui termine l'un des vers suivans va rimer avec *point;* mais il m'est donné par le tour rapide de la phrase. Je ne pouvais d'ailleurs changer le vers, *Ne s'est jamais levé, ne se couchera point,* sans lui faire perdre de sa simplicité et de sa précision.

Dans la nuit du néant, le ciel, la terre au loin
Disparaît comme un trait, et l'univers s'efface.

(*Dieu, centre de l'attraction universelle.*)

Où s'offre un Dieu si grand, que manifeste
    en nous
Ce penser, ce cœur plein de desirs ', d'es-
    pérance ?

' *Ce penser, ce cœur plein de desirs.* On peut entendre
indifféremment, par *ce penser*, ou l'idée grande exprimée
dans la strophe précédente, ou la pensée en général. L'élévation des idées et celle des sentimens sont, pour l'ame humaine, que rien, si ce n'est l'infini, ne peut remplir,
l'indice le plus sûr de la manifestation de l'Être simple et
grand. La pensée et le desir, dit le savant et pieux de Sacy
de Port-Royal, sont comme les deux ailes de l'ame, qui
l'élèvent à Dieu, lorsqu'elle les dirige vers la vérité et
l'amour du bien. (De S. *in Prov. Salom.*) Thomas à
Kempis avait déjà dit : *Duabus alis homo sublevatur à*
terrenis, simplicitate scilicet et puritate. Simplicitas
mentis intendit Deum ; puritas cordis apprehendit.
(Imit. liv. 2, chap. 4.) Et Corneille l'a traduit ainsi :

    Pour t'élever de terre, homme, il te faut deux ailes,
    La pureté du cœur et la simplicité :

Astres majestueux, avec vous je m'élance [2] -
Vers le centre commun où vous gravitez tous [3] !

Elles te porteront avec facilité
Jusqu'à l'abîme heureux des clartés éternelles.
L'humble Simplicité vole droit jusqu'à Dieu ;
La Pureté l'embrasse. . . . .

[2] *Astres majestueux, avec vous je m'élance, etc.* Le mouvement, le cours des planètes, les lois et le mécanisme de leur système, indiquent nécessairement un Principe qui meut, une puissance qui règle et ordonne. Pour l'homme droit et sensé, le *cœli enarrant* n'est point un vain mot. Le ciel n'est muet et sans clarté que pour l'aveugle de cœur et le sourd d'esprit. Mais des hommes éclairés, des mathématiciens-astronomes, peuvent-ils être athées de bonne-foi ? non. Herschel a avoué que toujours le résultat de ses observations et de ses découvertes était pour lui la conviction d'un premier moteur et d'une puissance créatrice. Newton écrivit au docteur Bentley pour montrer que la gravitation ne contrariait point la création, et qu'au contraire il était persuadé que le monde avait besoin sans cesse d'une main réparatrice.

[3] *Vers le centre commun où vous gravitez tous.* Il s'agit de la plus grande de toutes les attractions, de la tendance de tous les astres et de tous les systèmes vers un centre, vers ce soleil des soleils dont il est parlé dans la strophe précédente.

Vous guiderez mon vol aux célestes demeures.

L'instrument qui nous montre et dispense

les heures,

N'est point mu sans ressort : ... sans Dieu

le seriez-vous [1] ? ...

(Sphères , ordre inférieur.)

La Terre a fui : je vois comme un point ces

royaumes [2]

---

[1] *N'est point mu sans ressort : ... sans Dieu le seriez-vous ?* Tout ressort suppose une force ; cette force, des lois ; les lois, un principe : toutes ces idées se tiennent. *Consulter* le Tableau méthodique , 4.e et 5.e colonnes.) La philosophie , bien différente du philosophisme, voit non-seulement des forces et du mouvement dans la nature ; elle y voit aussi des puissances et de l'action. Mais, comme il n'est point de mouvement sans règle , ni de règle sans plan , elle juge qu'il n'existe pas non plus d'action sans volonté , ni de volonté sans intelligence.

[2] *La Terre a fui : je vois comme un point ces royaumes.* Les nations sont comme une goutte d'eau , dit Isaïe, et les îles comme un grain de poussière. *Ecce gentes quasi stilla aquæ , et insulæ quasi pulvis exiguus.* Is. c. 40 , ℣. 15.

Que dispute à l'orgueil l'ambition des hommes.

Jupiter, dans l'abîme aussi tu t'engloutis [3].

Je t'aperçois, *Saturne* : achève ta carrière ;

Après trente ans reviens aux lieux d'où tu
partis [4].

Dieu du jour, dans *Herschel* vois mourir ta
lumière [5] :

---

[3] *Jupiter, dans l'abîme aussi tu t'engloutis.* La plus
grosse des planètes, *Jupiter*, dont le volume surpasse d'en-
viron treize cents fois celui de la terre, se perd rapidement
dans l'espace comme le petit globe que nous habitons.

[4] *Après trente ans reviens aux lieux d'où tu partis.*
Quel est le principe de la force qui ramène ainsi les planètes au même point de leur orbite, après la même période de temps ? Quelle est la volonté qui les lance et les
retient ainsi ?

[5] *Dieu du jour, dans Herschel vois mourir ta lumière.*
La planète de *Saturne* n'offre déjà qu'une lumière pâle et
très-affaiblie, quoique de moitié moins distante du soleil que
la planète d'*Herschel*. Celle-ci est éloignée de l'astre solaire
de plus de six cents millions de lieues; ce qui fait dix-huit
fois la distance de la terre à ce même astre. On peut donc

D'un dieu plus radieux j'ose franchir la
sphère [1].

*(Sphères, ordre supérieur; sommet de l'échelle
des intelligences.)*

QUELS degrés imposans d'un ordre harmonieux [2] !

---

supposer que la lumière du soleil vient *mourir* sur la planète
d'*Herschel*, qui se trouve située aux limites de la circons-
cription solaire.

[1] *D'un dieu plus radieux j'ose franchir la sphère.* Cette
sphère est supposée celle de *Sirius*, l'étoile qui nous paraît
la plus lumineuse, et qui est regardée comme la plus pro-
chaine, quoiqu'elle soit peut-être cent mille fois plus loin
de nous que n'est le soleil. Si celui-ci était reculé à la
distance où se trouve *Sirius*, on peut croire qu'il cesserait
d'être visible, tandis que *Sirius* est visible et brillant. J'ai pu
en inférer que ce dernier astre rayonne plus vivement que
ne le fait notre propre soleil.

[2] *Quels degrés imposans d'un ordre harmonieux !* On
a ici en vue, d'une manière générale et collective, le nombre, le poids, la mesure et la disposition des choses : le
nombre et le *poids* par les degrés imposans ; la *disposition*
et la *mesure*, par l'ordre harmonieux. *Omnia in numero ;
mensurâ et pondere disposita*, dit S. Augustin, C. 1. 5.

L'astre plus grand nourrit des mondes plus nombreux [3].

La vie est plus active à sa source profonde ;
Et l'être animé va de l'un à l'autre monde [4].

---

[3] *L'astre plus grand nourrit des mondes plus nombreux.*
L'étoile qui conserve une grande masse de lumière , quoi-qu'à une distance prodigieuse de la terre, doit être d'un vo-lume beaucoup plus considérable que n'est le corps du soleil. (*Voy.* la note sur le dernier vers de la strophe précédente.)

A mesure que l'on s'élève , dit Jésus fils de Sirach, la gloire du Seigneur éclate de plus en plus. Beaucoup de ses ouvrages nous sont cachés, qui sont plus grands que ceux que nous connaissons ; car nous n'en voyons ici qu'un petit nom-bre. *Attollite vos quantùmcunque poteritis, gloria Domi-ni supervalebit adhuc. Multa abscondita sunt majora his ; pauca enim videmus operum ejus.* Ecclesiastic. cap. 43.

[4] *Et l'être animé va de l'un à l'autre monde.* Dans ces régions éthérées , ne serait-il pas possible que la ténuité des enveloppes des êtres animés leur permît de communiquer d'un monde à l'autre , soit par eux - mémes , soit par la vue perspicace dont ils seraient doués ?

L'homme entouré de matière semble être fixé à la terre et devoir s'y traîner naturellement. Cependant il s'efforce de participer à cette vie active. Il se sert de l'agilité du cour-sier, de la rapidité du fleuve, de la vitesse du vent, pour

C'est l'échelle où *Jacob* voit les êtres monter [1].
Échelle, appui sublime où mon espoir se fonde,
Au ciel des cieux par toi *Paul* se sent trans-
    porter !

(*L'esprit pur, incompréhensible aux sens.*)

Mais quoi ! ... suis-je au sommet : l'œil cherche
    l'Astre immense [2].

---

accélérer sa marche. Il sait aussi s'envelopper en quelque
sorte d'une atmosphère plus rare, pour s'élever au-dessus de
la surface du globe. Sa sphère corporelle le gêne : il voudrait
en sortir. Ses desirs, ses facultés morales, étendent sans
cesse et surpassent toujours ses moyens physiques. Tout
porte à croire qu'il est fait pour un ordre de choses supérieur, auquel il tend, et où il doit découvrir et atteindre tout
ce qu'il desire connaître et posséder.

[1] *C'est l'échelle où Jacob voit les êtres monter.* Cette
échelle mystérieuse qui s'étendait de la terre au ciel, et que
montaient et descendaient les esprits (Gen. *ch.* 28), est ici
censée exprimer l'ordre hiérarchique des intelligences, dont
Dieu lui-même a disposé les degrés; *cujus ascensiones dis-
posuit,* dit le Psalmiste.

[2] .... *L'œil cherche l'Astre immense.* Il s'agit du Soleil

Sur la sphère des sens plane l'intelligence [3] :
L'esprit pur, par un corps, serait-il circonscrit [4]!
Ce qui n'est point borné, ne peut être décrit.

---

dont il est parlé dans la strophe *pag.* 37, c'est-à-dire de la lumière divine.

Mais, dit Bossuet à ce sujet (*Disc. sur l'hist. univ.*), là où Dieu se trouve mêlé, les comparaisons tirées des choses humaines ne sont jamais qu'imparfaites : les sens nous gouvernent trop ; et notre imagination qui influe dans toutes nos pensées, ne nous permet pas de nous arrêter sur une lumière si pure.

[3] *Sur la sphère des sens plane l'intelligence.* Gardons-nous, dit Plutarque, de rabaisser l'intellectuel jusqu'au sensible, et de faire de l'esprit un fluide éthéré, un moteur aveugle. Ce serait ressembler à ceux qui croient que les vents et les voiles sont le pilote, que la trame et la navette sont le tisserand. (*De Is. et Os.*)

[4] *L'esprit pur, par un corps, serait-il circonscrit !* L'esprit n'a nécessairement aucune forme, aucune étendue limitée, précisément parce qu'il est susceptible de se représenter toutes les formes, toutes les étendues. L'ame humaine semble en offrir quelque image. Le méditatif qui a vu, observé et lu, peut, après avoir parcouru le monde dans ses

La main ne peut toucher, l'œil voir, l'oreille
    entendre [1]

Celui que tous les temps, les lieux, n'ont
    pu comprendre.

Un nom seul apparaît, sur l'univers inscrit [2].

---

voyages et dans l'histoire, recueilli en lui-même, se rappeler
tous les faits, revoir tous les lieux, les sites, les objets,
avec leurs formes, leurs aspects, leurs dimensions et leurs
proportions respectives. Que ce soit l'intelligence, la volonté, ou la puissance imaginative qui reproduise tout cela,
ce ne peut être toujours qu'un principe, un être simple.
C'est improprement qu'on appelle *principe* une force ma-
térielle. « La matière ne peut être son principe à elle-même
» (dit S. M.), parce qu'elle n'est point un être simple. »

[1] *La main ne peut toucher, l'œil voir, l'oreille entendre.* Ces derniers mots sont de l'Apôtre. *Non oculus vidit,
nec auris percepit*, s'écriait, d'après Isaïe, Saint Paul ravi
en esprit à ce ciel des cieux dont il est parlé dans la strophe
précédente. *Corinth. c. 2; Isaïe, 64.*

[2] *Un nom seul apparaît, sur l'univers inscrit.* L'auteur
du *Système de la nature* demande pourquoi, au lieu de
suspendre le soleil dans le ciel et d'y répandre çà et là les
constellations, Dieu n'a pas écrit dans le monde son nom en
caractères ineffaçables et lisibles pour tous. — Eh bien ! ce
nom est écrit ; mais ce n'est point au frontispice du temps ;

(L'Être par excellence.)

Rien n'est beau, rien n'est vrai, n'est grand
que l'Être même [3] !

---

c'est sur la clef de la voûte, c'est dans le sanctuaire qu'il
rayonne en traits de feu. Quiconque observe et médite avec
un esprit simple et un cœur pur, non-seulement le voit
tracé dans l'ordre physique du tout, mais il le sent au-dedans
de lui; car l'ame humaine décèle plus la Divinité que l'économie elle-même de cet univers : *Deum quidem cœli enar-*
rant; sed homo demonstrat. La pensée et le desir, quand
l'une a pour objet la connaissance du vrai et du grand, et
l'autre l'amour du beau et du bon, sont les deux voies prin-
cipales par où le nom de la Divinité ou son signe se ré-
vèle à l'homme. La première voie est appelée par S. M. la
voie *rationnelle,* lorsque le signe ou l'indice de la Divinité
se manifeste à l'entendement humain; la deuxième, la voie
sentimentale, lorsqu'il s'imprime dans l'ame ou dans le
cœur de l'homme.

[3] *Rien n'est beau, rien n'est vrai, n'est grand que*
l'Etre même ! « Rien n'est beau que le vrai »; mais rien
n'est vrai que l'Etre proprement dit. *

* Au sujet de l'Être seul vrai, seul existant nécessairement, je ne puis que renvoyer le lecteur à l'ouvrage de
Clarke, où se trouve traitée *à priori* la preuve de l'existence de Dieu.

Il ne se montre pas : Dieu voulut, par l'emblème
D'un tout majestueux, s'annoncer à l'esprit ',

Rien n'est grand, n'est sublime que ce même Etre, *quia
non viget quicquam simile aut secundum.* (Horat. od. 12,
lib. 2.) On ne peut en effet appeler *grand* que l'Être par
excellence, qui n'a point d'égal ni même de second. Il
n'existe après lui que des *grandeurs relatives.* Nous sommes
grands par nos desirs; mais il est plus grand : *Major est
corde nostro.*

L'essence divine est seule sublime, parce qu'elle n'admet
ni de plus ni de moins. Tout ce qui s'y rapporte, n'est sublime qu'indirectement, à cause de son objet; et ce qui en
découle, à cause de sa source.

Burke (*Recherches sur le sublime et le beau*) fait principalement consister le sublime dans le terrible.

Mais, 1.° ce n'est point le terrible par lui-même qui est
sublime; c'est le motif ou le sujet qui le rend tel. L'image
que présente ce vers de Milton, *With the majesty of darkness
round circles his throne,* « Dieu entoure son trône de la
majesté des ténèbres, » ne devient sublime, que parce que
Dieu est présent sous l'enveloppe ténébreuse qui le couvre.

2.° Dieu n'est pas seulement terrible : Dieu est bon, sage,
puissant, etc. Ses attributs sont autant de sources du vrai
sublime, témoin ce trait si souvent cité : *Dieu dit,* SOIT LA

Et

Et se réfléchissant dans ce vaste système,

A l'ensemble attacha son nom, son nom
suprême

Il est ! lorsque tout change ¹, et, dans le
temps prescrit,

Lumière, *et la lumière fut.* Cette expression de l'acte de la
puissance est vive et sublime, mais n'a rien de terrible.

¹ .. *Dieu voulut, par l'emblème d'un tout majestueux,*
s'annoncer à l'esprit. Il était digne de la grandeur de Dieu
de se découvrir et de se cacher ainsi dans l'ordre *embléma-*
tique de l'univers, comme il l'a fait dans l'Écriture, où
sa sagesse se dérobe sous le voile des images et des allégo-
ries. Il est à-la-fois le connu et l'inconnu : il est connu dans
le tout, et inconnu en lui-même. Mais il n'appartient qu'à
l'homme simple et sensé de le reconnaître. Le raisonneur
orgueilleux le méconnaît, et fait l'univers aveugle comme
il l'est lui-même.

² Il est ! *lorsque tout change,* etc. Dieu se nomme,
dans les livres de Moïse, *Jehovah,* c'est-à-dire, celui qui
est. Il se distingue ainsi comme le seul Être qui existe réel-
lement et de fait. La langue hébraïque est la seule langue
où le nom de Dieu soit vraiment caractéristique, et où il
désigne, non-seulement l'existence, mais tout ce qui la distingue éminemment. « C'est dans cette langue, dit l'auteur
du *Tableau naturel*, etc., que l'on trouve le premier nom

Paraît, croît un instant, décroît, tombe et
périt. . . .

(L'ame humaine s'élançant vers l'Être.)

« MAIS l'homme pense et veut; il tient de Dieu
l'essence [1] :

positif et collectif de toutes les facultés et de tous les attributs du grand Être, nom qui renferme le principe, la vie
et l'action primordiale et radicale de tout ce qui peut exister; nom enfin par qui les astres brillent, la terre fructifie,
les hommes pensent. »

Dans l'inscription grecque tracée sur le frontispice du
temple de Delphes*, l'expression ΕΙ (TU ES) qui désigne le
grand Être, n'a plus que le sens de l'existence pure et simple.
Cependant, combien elle conserve de sublimité! En lui,
dit Plutarque, il n'y a ni temps antérieur, ni temps posté-
rieur. Seul IL EST. Son existence est l'éternité; et, par la raison
qu'il *est* véritablement, on ne peut pas dire de lui qu'il *a été,*
qu'il *sera,* qu'il *a eu* un commencement, qu'il *aura* une fin.
(*Plut.* sur le mot ΕΙ.)

[1] *Mais l'homme pense et veut; il tient de Dieu l'es-*
sence. Je pense, donc je suis *essentiellement :* tel est le
sens de l'argument de Descartes. Être, c'est exister en soi;
c'est participer à cette essence intime qui caractérise le

* *V.* p. 46, (*dern. ligne*), en observant de substituer
temple au mot *temps.*

» Il doit comme la flamme à son foyer s'unir,
» Voir Dieu par l'harmonie !... » Un rayon
      d'espérance,

---

grand Etre : or, j'existe bien certainement en moi, car je
pense. *Je pense;* cette base évidente du moi intime qui
constitue l'existence proprement dite, donne à l'axiome de
Descartes une force qu'aucun raisonnement de nos idéo-
logues modernes ne saurait ébranler. Mais à ce motif
j'ose ajouter, *je veux* **, qui n'est pas moins évident. *Je*

** J'ai la faculté de vouloir; j'en ai la conscience : j'en
suis donc certain. Je ne puis expliquer une telle vérité,
parce qu'elle est claire, parce qu'elle est simple. « Quand
» vous me niez cette vérité (dit l'auteur de la *Mécanique*
morale) » au lieu de l'affaiblir, vous la doublez. Je savais
» qu'il existait une volonté, savoir la mienne : l'opposition
» que j'éprouve de votre part, m'apprend qu'il y en a
» deux. »

    La volonté serait-elle déterminée sans aucune action
libre et intentionnelle ? Je n'aurais donc pas de *moi;* je
n'existerais pas proprement et sciemment. Il n'y aurait ni
conscience, ni droite raison, ni sagesse, ni justice; et la
Divinité n'existerait pas : ou si Dieu existait, il serait
vraiment alors l'auteur du mal; et le méchant serait au-
torisé à dire, en rejetant ses crimes sur leur auteur :

    Ce n'est pas moi, c'est lui qui manque à ma parole,
    Qui frappe par mes mains, pille, brûle, viole.

Certes, le fatalisme serait pire encore que l'athéisme.

Dans l'ame d'un mortel ranimant le desir,
J'ai voulu m'élever au sein de l'Être immense;

---

pense, je veux, donc *je suis*. L'évidence acquise à-la-fois par nos facultés *cogitative* et *affective*, complète le fondement du *moi* *; et ce *moi*, ainsi fondé, devient l'écueil où le fatalisme comme le matérialisme viennent se briser.

En effet, c'est par la pensée et la volonté, que j'ai en

---

* Que la pensée et la volonté soient simplement l'attribut du *moi* au lieu d'en être le sujet, ce seront toujours ses deux modes principaux; ce qui ne change rien à la solidité du raisonnement, parce que l'être ne se prouve, ou ne se fait connaître à l'homme que par ses modes ou manières d'être. Dans ce sens S. M. a pu dire que *chaque chose faisait sa propre révélation*. Le moi humain fait la sienne par la *pensée* et la *volonté*, qui se manifestent par l'*action* extérieure; car l'action intérieure leur est connexe.

Si de là on descend aux langues par lesquelles l'homme existant avec ses facultés, s'exprime, ou exprime son moi, le verbe désignera le rapport à l'*ÊTRE pensant* et *voulant*; et le nom, le rapport au *SUJET* ou à l'*OBJET* de la pensée et de la volonté. Voilà les trois parties de la proposition logique, et voilà les deux modes du *nom* et du *verbe*, contenus dans cet énoncé. Les autres termes grammaticaux servent à lier ou à déterminer ces rapports. Ainsi la proposition, et tout ce qui en dépend, se rattachent à la science de l'homme : *La grammaire est la logique des*

Une voix crie : *Arréte ; homme impur ,*
    qu'oses-tu ! . . .
Tu n'es, tu ne peux rien, sans Dieu, sans la
    vertu.

(*L'esprit de l'homme atterré , et se relevant.*)

PAR un poids invincible, entraîné, je retombe. . ,

----

même temps la connaissance et le sentiment de cette essence
vive qui m'est propre : c'est par elles que j'existe sciemment
et activement. Il en résulte que, pour nous, *penser et vou-*
loir c'est *être ;* que le progrès à l'infini de la pensée et de la
volonté démontre que le *moi* humain est progressif à l'infini, si ce n'est par le fait dans cette vie corporelle, du
moins dans un ordre de choses où l'ame est épurée et libre ;
qu'enfin l'homme ne peut être ainsi, qu'autant qu'il existe
un principe ou un type de sa pensée et de sa volonté dans
la puissance souverainement intelligente et active, dans
l'Être simple et infini, essentiellement et proprement dit.

mots, comme la logique est la grammaire des idées.
(Lettre de J. B. M. Gence , insérée dans le Journal de la
langue française, du 12 décembre 1791.)
    Voyez aussi le TABLEAU MÉTHODIQUE , où l'on montre
que la science des signes n'est que l'application de la
science des idées, comme la science des idées n'est que la
théorie de la science des signes.

La terre est ma prison [1] : serait-ce aussi ma
tombe ? . . .
Quoi ! ces esprits grossiers qui, de la fange nés [2],
Y rentrent, produiraient l'action [3], le génie [3] ?

---

[1] *La terre est ma prison...* Cette idée se trouve déve-
loppée dans le *Ministère de l'homme-esp.*, par S. M.,
dont les écrits non moins philosophiques que religieux m'é-
taient inconnus. Il fait voir (*pag.* 122 *et suiv.*) comment et
pourquoi la terre est une prison.

[2] *Quoi ! ces* esprits *grossiers... produiraient l'action ?...* Les fluides les plus subtils peuvent bien communiquer le mouvement, mais non imprimer l'action : c'est
donc improprement qu'on les nomme *esprits.* Il en est de
même de ces élémens que l'on nomme *principes* en chimie.
L'élément matériel le moins perceptible est toujours un
corps. Mais tout corps a des parties entre ses limites, et
n'est jamais simple. Un corps, qui ne saurait être simple,
ne peut être un principe.

[3] .. *Ces esprits..produiraient l'*action, *le* génie? 1.º L'AC-
TION. Certes, la volonté est active ; et ces prétendus esprits
sont souvent même à sa disposition, loin de pouvoir la pro-
duire. En effet, l'action dans l'homme, ou l'exécution d'une
intention, a, d'après cet énoncé même, pour principe une
Volonté mentale ; et telle est la force de cette volonté, que
non-seulement le corps, son principal instrument, opère

Non ; la matière est mue , et sa sphère est finie.

---

tout ce qu'il est possible à un instrument humain d'opérer, mais que tous les corps extérieurs, organisés ou non, peuvent devenir les instrumens de son action, et que la sphère de cette action s'étendrait à l'infini, si le corps matériel lui-même n'était une entrave, et la terre une prison.

2.° Le GÉNIE. Quant au génie, c'est-à-dire quant à cette raison active qui sépare et combine des notions, et qui forme des rapports essentiellement autres que les résultats de nos sensations et du mouvement de nos fluides, on ne voit pas que la bête en soit douée, ni qu'elle fasse comme l'homme des abstractions, ou qu'elle généralise ses idées. La parole , avec toute sa puissance et son énergie, nous distingue de la brute bien moins que cette pensée active qu'elle suppose et dont elle n'est que l'expression *. C'est

* Les sourds-muets ont aussi cette pensée active. Il ne leur manque que d'être rassemblés entre eux dès l'enfance , pour pouvoir, à l'aide de signes analogues aux moyens de communication dont ils sont pourvus, manifester leur faculté d'abstraire ou de combiner des idées , et n'avoir pas besoin, à cet égard, d'être *institués*. Nous pourrions tout au plus diriger ou étendre le progrès naturel de leur pensée , mais avec le langage que nous aurions reçu d'eux , et qui étant proprement le leur, serait celui de l'homme pensant de la nature , privé seulement de l'idée des sons.

Le présent peut combler tes appétits bōrnés,
Stupide instinct , : . . . mon ame a faim d'une
autre vie [2].

---

proprement ce pouvoir de *séparer* et de *réunir* mentale-
ment ses idées qui a fait faire tant de progrès à l'homme
dans l'analyse et la combinaison des êtres, et qui lui fait
sans cesse augmenter et réduire le vocabulaire des signes à
l'aide desquels, comme d'autant d'échelons, il augmente et
réduit de nouveau la somme de ses idées. *Voyez* le TABLEAU
MÉTHODIQUE , 1.re colonne. *

[1] *Le présent peut* combler *tes appétits bornés, stupide
instinct.* Comment a - t - on pu comparer l'instinct de la
brute avec le génie de l'homme, qui s'élance dans l'espace
et le temps, parcourt par la pensée et mesure ou veut mesurer les cieux, couvre la terre de ses villes et l'océan de ses
flottes ! Les bêtes même réunies en troupes, les castors sur
l'Ohio, les singes sur les bords de la rivière des Amazones,
ont une industrie bornée, toujours la même : elle ne s'étend

* Ce qu'on nomme le génie des langues, n'est autre
que ce génie plus ou moins *analytique* ou *analogique* qui
constitue la grammaire d'un peuple, laquelle est diverse
comme le génie de ce peuple est divers, et réside toute
entière dans ses formes idiotiques , formes plus ou moins
divisées dans les langues qui ont peu d'inflexions , et plus
ou moins composées dans celles qui en ont beaucoup.

(L'activité du desir, l'espoir céleste de la Vertu.)

ACTIF, j'existe au loin, et vis dans l'avenir[3].

---

point, et elle ne naît point de l'expérience. L'abeille novice construit tout aussi régulièrement que l'abeille déja ouvrière, ses alvéoles, dont le plan semble être le résultat d'une combinaison; car il offre dans l'hexagone la figure et la capacité où l'on trouve la plus grande économie de cire et d'espace. Mais dans tous ces travaux, opérés sans réflexion, la brute ne sait ce qu'elle fait, à la différence de l'homme, qui sait ou du moins peut savoir ce qu'il opère, comment et pourquoi il le fait.

[2] ..... *Mon ame a faim d'une autre vie.* C'est ce que l'homme de ce siècle qui peut-être a le mieux connu la vraie philosophie puisée à sa source profonde, appelle énergiquement, la *faim divine* (Minist. de l'homme-esp., *p.* 71). On a dit, la *faim* de l'or (*auri sacra fames*) : à plus forte raison peut-on dire, la *faim* du bonheur, la *faim* de la vie; car on est encore plus avide du bonheur et l'on appète plus la vie qu'on ne desire l'or, qui n'est recherché qu'à cause des premiers.

[3] *Actif, j'existe au loin, et vis dans l'avenir.* Si la demeure de l'homme est bornée à cette terre, et son existence à la vie corporelle, pourquoi ce penchant de l'esprit à s'étendre dans le lieu et dans le temps, à projeter sans

L'homme se développe ; il veut aimer, connaître [1],

Veut devenir heureux : il est donc fait pour
l'être [2].

Ah ! l'espoir, dans les maux, soutient seul
le desir [3].

---

cesse quand la vie est si courte, à perpétuer le souvenir de
son nom par des actes, par des monumens, par des écrits,
etc., etc. ? Pourquoi cette tendance indéfinie vers un terme
que nous reculons toujours, parce que nous voyons toujours
au-delà, tandis que les animaux atteignent si promptement
les limites de leur sphère et ne cherchent point à en sortir ?

[1] *L'homme se développe ; il veut aimer, connaître.*
Le besoin d'AIMER ou de s'attacher, est général chez tous
les peuples plus ou moins civilisés. Il est de fait que les navi-
gateurs Cook, la Pérouse, Van-Couver, Marchand, Den-
trecasteaux, ont trouvé par-tout l'homme en société, ont
vu, dans les îles les plus isolées de la mer du Sud, l'homme
réuni en familles ou peuplades sous un chef, et portant son
attachement à ses semblables jusqu'à les affectionner et les
honorer au-delà du tombeau. Aussi, comme le remarque
M. Marcel (*Traduction française des fables de Loqman,*
p. 52, note 6), l'expression qui répond au mot *homme,*
signifie *être sociable,* dans une des langues les plus

Noble et douce espérance ! Eh , qui peut mé-
connaître

---

anciennes , dans la langue arabe. Plus on se rapproche de la
langue primitive, plus les mots expriment les propriétés
des choses. En effet, l'homme veut par-tout fixer,
étendre, perpétuer ses affections. Il se sent fait pour
s'attacher à un autre être : il tient par cet être à une famille ,
par cette famille à la société, par la société à Dieu.

Il en est de même du besoin de CONNAÎTRE , qui, dans
l'homme plus ou moins développé, s'accroît à mesure qu'il
s'alimente , à la différence de l'appétit physique.

Dira-t-on qu'aimer et connaître, c'est sentir ? D'accord,
si l'on admet un sens moral et un sens intellectuel. L'infini
serait alors à-la-fois une vérité de réflexion et une vérité de
sentiment.

[2] *Veut devenir heureux : il est donc fait pour l'être.*
Cette vérité offre l'évidence d'un axiome , parce qu'elle a
pour base un sentiment général et naturel.

[3] *Ah ! l'espoir, dans les maux , soutient seul le desir.*
L'espoir est la promesse du bonheur : il ne peut nous être
ôté. C'est le pain quotidien du malheureux dénué de tout :
Spes alit. C'est le seul bien qui reste au fond de la boîte
fatale : *Spes ultima.* Alexandre, avant de passer l'Helles-
pont, distribue tous ses biens à ses amis : il s'en réserve un

D'un sentiment divin le charme consolant [1] ?....
C'est le Vice qui hait et nie un Dieu puissant.

*(Le mal causé par le Vice et l'impiété : la répression
du mal.)*

AVIDE, il ose tout, veut être libre et maître.
Ambition impie !... ô quels maux vois-je
naître [2] !

---

plus grand ; quel est-il ? l'espérance. Nous desirons le bonheur, et nous l'espérons toujours, quoique notre espoir soit
toujours trompé. C'est que nous le cherchons inutilement,
dit Pascal, dans les choses extérieures, qui ne peuvent
jamais nous contenter, parce que notre cœur est plus grand
qu'elles. Le bonheur existe dans ce qui est plus grand que
notre cœur, en Dieu seul.

[1] *D'un sentiment divin le charme consolant.* Sans l'espérance d'une autre vie, dit Bayle, on pourrait, avec
Brutus, regarder la vertu comme une chimère, et la mettre
au rang des choses dont Salomon a dit : *Vanité des vanités ;
tout est vanité.* Se fonder sur son innocence, serait souvent
s'appuyer sur un frêle roseau qui, en se brisant, perce la
main de celui qui s'en sert.

Monstre aveugle et sans frein, la Fausse-
    Liberté,

Foulant aux pieds les lois, les mœurs, l'hu-
    manité,

Tyran barbare et vil, dépouille, outrage,
    opprime.

Qu'un héros généreux arrête enfin le crime;

Le monstre est abattu : le Vice est-il dompté?

---

² *Ambition impie !... ó quels maux vois-je naître !*
Pour montrer qu'il est une Justice qui répare tout, et tracer
dans cette vue le *maximum* du mal, je n'ai pu que faire ici
le portrait de l'anarchisme, par lequel je désigne non-seulement ce régime en général dénué de chef et sans unité, mais
cet état excessivement immoral et désordonné, dont l'époque a été pour nous celle du plus terrible chaos. La société
semblait devoir être totalement dissoute, sans la main puis-
sante qui a arrêté l'excès du mal. Cependant, telle est l'influence des idées morales, qu'au comble même de la licence,
on n'a point cessé d'invoquer les noms de justice et d'ordre.

Ainsi, jusque dans les temps du plus grand désordre,
l'iniquité a menti à elle-même : *Iniquitas mentita est sibi.*

Nous nions nos forfaits : donc ils nous font horreur.

A. de la C.

(La Justice suprême ; le bonheur.)

Dieu donne le bonheur : il nous doit sa jus-
    tice[1].
Les regrets, sans l'espoir; voilà l'enfer du
    Vice[2].
Au sein d'un Dieu la vie et la sécurité[3],
La lumière des Cieux, la pure volupté[4],

---

[1] *Dieu donne le bonheur : il nous doit sa justice.* Ri-
goureusement parlant, Dieu nous donne tout, et ne nous
doit rien. Cependant un ordre moral est établi, et souvent
violé. L'homme à qui on enlève sa mesure de bien-être,
peut la réclamer. La justice alors cesse d'être un don : elle
devient un droit; et ce que nous avons droit d'attendre,
nous est dû.

[2] *Les regrets, sans l'espoir; voilà l'enfer du Vice.* Le
passage de l'Écriture, *Sine spe rejecisti me,* « Vous m'avez
» rejeté, plus d'espérance, » a pu fournir au Dante le sujet
terrible de l'inscription de la porte de son Enfer : *Lasciate*
ogni speranza, voi che intrate; « Perdez toute espérance,
» vous qui entrez ici. » Cependant la privation de l'espoir
est un état purement négatif : elle est un néant plutôt qu'un
supplice. Mais la peine positive des regrets, jointe à cette
privation, rend le passé toujours présent dans l'avenir à

Sont les biens immortels que promet la puissance

Qui d'un doux avenir crée en nous l'espérance,
Le germe , l'avant-goût de la félicité [5].

---

l'esprit du méchant que cette·idée tourmente. C'est-là ce
ver qui ne meurt point, dont parle l'Écriture.

Les docteurs Tillotson, Sherlock, et sur-tout Scott, ont
fait voir, non en théologiens de l'école, mais en savans
vraiment philosophes, comment dès ce monde le vice deve-
nait l'*enfer* ou le tourment de ceux qui s'y livrent, et la
vertu, au contraire, le *ciel* ou le bonheur de ceux qui la
pratiquent.

[3] *Au sein d'un Dieu la vie et la sécurité.* Le beau vers
de Racine que ce vers rappelle, et dont l'auteur d'Esther
semble avoir voulu faire l'inscription de la maison de Saint-
Cyr,

Tout respire ici Dieu, la paix, la vérité,

conviendrait admirablement pour désigner le séjour céleste.

[4] *La lumière des Cieux, la pure volupté.* J'avoue que
le mot *volupté* sent un peu la matière. Quelque soin que
j'aie pris en général pour épurer l'expression dans un sujet
aussi élevé, je n'ai pu éviter ce mot; mais j'y ai joint un
correctif.

[5] *... L'espérance, le germe... de la félicité.* Ce germe

(*Obstacle au bonheur, et à la vue de Dieu :*
la matière, le corps.)

QUAND mon ame aspirait après son bien paisible,

Qui donc a pu, grand Dieu, te rendre inaccessible ?

Ah ! c'est l'étroite enceinte où l'homme est
resserré[1].

---

n'est pas susceptible des atteintes du temps comme la fleur
qui ne fait espérer le fruit qu'autant qu'elle ne tombe point
elle-même. Sans doute, l'espérance humaine est frêle, et
quelqu'un a pu dire *gréler l'espoir;* mais c'est par rapport à
l'objet particulier de nos desirs, qui n'est point le bonheur.

[1] *Quand mon ame aspirait, etc. Qui donc a pu, etc.*
Ah ! c'est l'étroite enceinte où l'homme est resserré. Le
corps est cette enceinte : l'ame la pénètre difficilement,
quelque étendue de lumière qu'elle puisse acquérir ; tant le
physique de l'homme influe sur son moral *. Il ne faut pas
néanmoins conclure, avec quelques sophistes dont les induc-
tions sont évidemment forcées, que *le moral est tout phy-*
sique, parce que le physique influe sur le moral ; que *la*
sensibilité physique fait la pensée et l'action morale ;

* Ou plutôt lui fait obstacle.

Par

Par l'organe des sens faiblement éclairé,
Voit-il, peut-il saisir l'Être qui leur échappe ?

---

parce qu'elle les modifie; que *l'abdomen dans l'état de*
santé contribue à la formation des idées, parce que le
dérangement de ce viscère occasionne du désordre dans le
cerveau, etc. *Cum hoc où post hoc, ergo propter hoc ;*
voilà comment raisonne l'auteur des *Rapports du physique*
et du moral de l'homme.

Ce n'est pas ainsi qu'ont raisonné les vrais méthodistes,
qui tous ont distingué l'homme intellectuel et moral de
l'homme physique, l'homme pensant et voulant de l'homme
sentant. Non-seulement tous ont fait cette distinction; mais
tous ont reconnu la supériorité de l'ordre moral sur l'ordre
physique, et de là tous ont dû nécessairement remonter à
un Principe. (*Voy.* le TABLEAU MÉTHODIQUE, 2.ᵉ rangée
horizontale.) Ces hommes vraiment éclairés, dont il suffit
de nommer les principaux : Pascal, qui pense aussi bien qu'il
écrit ; Descartes, qui raisonne plus fortement encore qu'il
n'imagine ; Bacon *, dont le génie éclaire la science et lui
fraie de nouvelles routes; Locke, qui découvre par l'analyse
la base sensible des connaissances, mais sans ébranler leur
base morale ; Newton, qui eût tout expliqué si tout pouvait

---

* Ce n'est point d'après les notes du traducteur de ses
OEuvres, que l'on doit juger si Bacon, dont la bonne-foi
paraît égaler le grand sens, était vraiment un homme religieux. Pour bien connaître l'auteur, il faut le lire dans

Et cette voix encor retentit et me frappe :
L'homme est par la vertu sur la terre épuré'.

---

s'expliquer; Leibnitz, aussi solide mathématicien que méta-
physicien sagace ; Euler, reconnu par son éditeur (Condor-
cet) pour un penseur des plus vigoureux, etc. etc.; tous ces
méditatifs n'étaient pas moins éminemment religieux qu'ex-
cellens philosophes.

' *L'homme est par la vertu sur la terre épuré.* « Vous
» nous éprouvez, Seigneur... et vous nous épurez comme l'or
» dans le creuset. » *Domine, probasti nos, etc.* (Le Psalmiste.)

Cette épreuve et cette épuration consistent sur-tout à se
vaincre et à se détacher de soi. C'est en ne s'occupant à

son texte. Dès le début de l'*Instauratio magna*, Bacon
invoque la Divinité. Il la prie de ne point permettre que
les nouvelles connaissances qu'il pourra procurer aux
hommes, préjudicient aux connaissances divines ; ni qu'en
ouvrant la voie des sens, et en donnant plus d'éclat au
flambeau de la lumière naturelle, elles puissent répandre
de l'incertitude et de l'obscurité sur les vérités de la Religion. *Deum illud supplices rogamus ne humana divinis
officiant, neve ex reseratione viarum sensûs, et ascensione
majore luminis naturalis, aliquid incredulitatis et noctis
animis nostris erga Fidei mysteria et oracula oboriatur.*
Præf. tom. I Oper. pag. 2, Lond. 1740.

(Nous ne voyons rien que corporellement. La puissance
de Dieu figurée.)

QUEL mortel connut Dieu, ses grandeurs
 ineffables² ?

---

l'extérieur, que pour faire aux autres tout le bien possible *;
c'est en ne s'occupant intérieurement qu'afin de se dépouil-
ler de ses affections corporelles, que l'homme *a le moins
besoin des choses* pour lui-même, et qu'il *approche le plus
de la Divinité*, suivant l'expression de Socrate : Ὁ ἐλαχίστων
δεόμενος ἔγγιστα Θεῶν. (Xénoph. Entret. mémor.)

² *Quel mortel connut Dieu, ses grandeurs ineffables ?*
« Qui peut le voir et le raconter, s'écrie Jésus fils de Sirach !
» Qui peut dire sa grandeur, telle qu'elle est dès le com-
» mencement ! » *Quis videbit eum et enarrabit ! et quis
magnificabit eum sicut est ab initio !* Ecclesiastic. cap. 43.

J'ai lu le livre des *Trois-Principes*, traduit par S. M.
Si dans cet ouvrage, d'ailleurs sublime, l'obscurité se ren-
contre au sein de la clarté, et la confusion au milieu de
l'ordre, ce n'est la faute ni de l'auteur, ni du traducteur;

* La maxime, *Ne faites pas à autrui ce que vous ne
voudriez pas qu'on vous fît*, n'est que la moitié de la
morale. Le complément de la morale est : *Faites d'autrui
tout le bien que vous voudriez qu'on vous fît ;* ce qui re-
vient à ce précepte : *Aimez votre prochain comme vous-
même.*

Ezéchiel, peins-nous, terrible, menaçant [1],
Dieu, dans tes visions, poursuivant le méchant :

« J'ai vu, parmi le feu des éclairs effroyables,
» L'Éternel s'avancer, sombre comme la nuit [2].

» J'ai cru, voyant son char, voir des chars
innombrables,

» Et d'une armée en marche ouïr l'horrible
bruit.

(*Description d'un Dieu terrible.*)

» LEUR corps, sans s'arrêter, se frayant un
passage,

---

c'est celle de l'homme, ou de son organe. L'écrivain, dans
un style presque évangélique, exprime les choses de Dieu
avec autant de simplicité que de profondeur : mais le langage
humain, quelque élevé qu'il soit, est toujours un langage ; et
Dieu est *ineffable*.

[1] *Ezéchiel, peins - nous, terrible, menaçant, etc.* Le
nom de ce prophète, en hébreu, signifie *force de Dieu*.

[2] *L'Eternel s'avancer, sombre comme la nuit.* Ce passage de l'Écriture, *Nubes et caligo in circuitu ejus*, « Les
» nuages et l'obscurité l'environnent, » a sans doute servi de
texte au vers de Milton cité dans la note de la *pag.* 48, et
qui exprime la même idée.

» S'élevait, s'abaissait[3], par l'Esprit animé,

» Et d'yeux étincelans était tout parsemé.

» Dieu tout-à-coup éclate, et fond comme
     l'orage[4],

» Son char rapide roule en tourbillons de
     feu... »

Écrasés et vivans[5], ses ennemis, ô rage !

---

[3] *S'élevait, s'abaissait....* comme les vagues de la mer, *ut aquæ maris multæ.* Ezech. *cap.* 1. Pour être plus précis on s'est contenté d'exprimer l'action elle-même ; et l'objet de la comparaison énoncé dans Ezéchiel, a été sous-entendu.

[4] *Dieu tout-à-coup éclate, et fond comme l'orage.* L'expression *éclate, etc.,* en parlant de Dieu, est motivée par celle du Psalmiste : *Et intonuit de cælo Dominus.* « Et » le Seigneur a tonné du haut du ciel. » *Ps.* 17.

> Le regard de ses yeux est la foudre allumée.
>
> *Ps. trad. par B.*

Les plus anciens des poètes Grecs, Homère, Hésiode, donnent au Dieu du ciel l'épithète de ὑψιβρεμέτης, *altitonans.*

[5] *Ecrasés et vivans.....* Cette figure hardie et qui peut paraître antithétique, n'est que naturelle et vraie, dès que l'homme se survit. L'impiété, l'orgueil du méchant est seul écrasé : l'individu reste avec ses remords. *Vivus absorbetur.* « Il est dévoré vivant. » S. Aug. *in Psalm.* 125.

Invoquent le néant [1] : Dieu réprouve leur
vœu.

(Peinture d'un Dieu paisible.)

Sois plus calme, *Isaïe* [2]; et des humains
dociles

---

[1] *Invoquent le néant.* Cela ne signifie point, *adressent
leur prière* au néant. Le néant qui n'est rien, n'a pu être
personnifié. *Invocare est in se vocare.* Invoquer, c'est appeler en soi, c'est desirer vivement.

Prévenu par un poète (M. Gaston), je n'ai pu m'appro-
prier, à ce sujet, le mot énergique suivant, qui est tiré d'un
Discours de Poulle sur la Foi. L'orateur représente les incré-
dules au lit de la mort : « Ah, malheureux ! sur le point de
» se plonger dans le gouffre effroyable de la destruction,
» ils appellent le néant : L'ÉTERNITÉ LEUR RÉPOND. » *Serm.
tom. I, pag.* 24.

[2] *Sois plus calme, Isaïe, etc.* Si des traits vifs, frappans,
distinguent le pinceau d'Ezéchiel, lorsqu'il nous montre la
justice divine punissant le crime ; d'un autre côté, Isaïe, ap-
pelé *grand* par l'Esprit qui a dicté les livres saints, excelle
à représenter la majesté d'un Dieu rémunérateur et paisible.
Le mode qu'Isaïe emploie, est sublime et simple comme son
sujet. Isaïe est à-la-fois le plus grand des poètes et des

Peins ce Dieu souverain[3], dans l'Empyrée[1]
assis[4],

Qui gouverne et meut tout, sans mouvoir les
sourcils[5];

---

prophètes. C'est chez lui que l'on trouve véritablement Dieu
peint avec ce caractère de majesté tranquille que les anciens
ont donné à leur *Jupiter Mansuetus*. Voyez l'observation
sur Isaïe, à la note de la page 19.

[3] *... Et des humains dociles peins ce Dieu souverain.*
Un chef pacificateur ou réparateur est sur la terre la figure
du modérateur suprême qui commande aux Cieux. (On va
le voir dans la strophe suivante.) Mais ce n'a guère été qu'au
premier âge, à l'époque où le genre humain était divisé en
familles sous les patriarches, que la terre a paru être régie
par le Ciel même, parce qu'un gouvernement simple suffi-
sait à des mœurs simples :

> Tout un peuple soumis à la divine loi,
>
> Passait, en l'adorant, de la mort à la vie.
>
> De ces mortels heureux l'Eternel était roi.

A. de la C.

[4] *Peins ce Dieu souverain, dans l'Empyrée assis.* Le
maître du Ciel, dans Homère et chez les anciens poètes
Orientaux, est de même représenté assis; ce qui indique
l'état fixe et immuable.

[5] *Qui gouverne et meut tout, sans mouvoir les sourcils.*
C'est ici le contraire de l'expression que désigne le *cuncta*

« Qui fixe l'univers avec des yeux tranquilles ;

» Tandis qu'autour de lui la paix et le bonheur

» Comblent ses Saints ravis, à ses pieds im-
   mobiles ,

» Comme d'un vêtement, couverts de sa
   splendeur. »

(Dieu représenté sous les Cieux par les chefs et les législateurs
des nations.)

Tel, quand ce même Dieu, par sa bonté
   prospère,

Laisse les nations sous un roi respirer,

---

supercilio moventis d'Horace (od. 1, lib. 3), expression
que le Lyrique Romain, comme le Statuaire Grec, a imitée de
celle du Jupiter d'Homère :

. . . . . . κυανέησιν ἐπ' ὀφρύσι νεῦσε . . . .

. . . . . . μέγαν δ' ἐλέλιξεν Ὄλυμπον.

   Iliad. I, v. 528, 530.

« Il fit un signe de ses noirs sourcils, et tout l'Olympe
» fut ébranlé. »

Phidias ne put mieux faire que d'exprimer ce froncement
de sourcils dans sa statue de Jupiter Olympien. Mais Dieu,
majestueux et calme, tel qu'Isaïe l'a dépeint, meut tout pai-
siblement, et sans sourciller.

Dans le chef d'un grand peuple on aime à
　révérer
Un pacificateur, un bienfaiteur, un père[1]. —
Et quel chef, ou quel dieu, vint jadis sur la
　terre[2]

---

[1] *Dans le chef d'un grand peuple on aime à révérer
un pacificateur, un bienfaiteur, un père.* Sa mission
est celle d'un représentant du Dieu que les anciens nom‑
maient OPTIMUS-MAXIMUS. Un réparateur chef de nations
est en quelque sorte le Messie de la puissance, comme le
réparateur chef de la Religion est le Messie de la grâce.

[2] *Et quel chef, ou quel dieu, vint jadis sur la terre, etc.*
Que le philosophisme est aveugle ou absurde ! On a été de
nos jours jusqu'à nier l'existence de Jésus-Christ dont on a
fait une constellation ou un astre, parce qu'un phénomène
céleste a pu coïncider avec l'époque de sa naissance. Cepen‑
dant, les empereurs et les écrivains, soit contemporains,
soit postérieurs de peu de temps, parlent de ses actions
comme de faits notoires et avérés. Tibère et Alexandre Sé‑
vère l'admiraient, et lui rendaient une sorte d'hommage.
Voyez Joseph. *Antiq. jud. l.* 18 ; — Tacit. *Annal.* 15 , 44;
— Sueton. *in Claud.* — Orig. Cels. *lib.* 6 ; — Dial. Typh.
n.° 39, etc. etc. Mais cumuler les autorités, serait supposer
le besoin d'avoir à prouver des faits dont personne ne

Cimenter par ses lois, avec la paix du Ciel,
Le bonheur que promet et donne l'Éternel !

(Portrait du législateur des Chrétiens, ou l'image de Dieu
sur la terre.)

Oɴ crut de la Sagesse entendre les oracles [1],
Voir de·l'humble vertu briller la pureté [2]

---

doute sérieusement, depuis que des assertions contraires
légèrement hasardées ont été réduites à leur juste valeur.
Voyez les *Lettres* du docteur Priestley sur l'absurdité de
l'opinion de la non-existence de Jésus-Christ.

[1] *On crut de la Sagesse entendre les oracles.* L'humilité,
ou l'abaissement de l'homme devant Dieu ; la soumission aux
lois, et aux puissances qu'elles établissent ; l'abnégation de
soi-même, ou le dépouillement de ses propres affections ; la
charité, ou l'amour du prochain étendu à tous les hommes,
et le pardon des injures : voilà en substance les principaux
points de la morale paisible et en même temps sage et élevée que prêchait le législateur de l'Evangile. Comment la
religion du Christ, si elle n'eût pas porté l'empreinte de la
vraie sagesse, eût-elle pu se répandre, persécutée et sans
puissance, en parlant un langage qui réprime les passions ;
tandis que celle de Mahomet a eu besoin de la force, même
en les flattant ?

Et de la bienfaisance éclater les miracles [3].

La grâce adoucissant en lui la majesté,

Exprimait la puissance unie à la bonté.

Amour, tu tempérais ses regards pleins de
flamme;

Et la beauté du corps peignit celle de l'ame [4].

---

[2] *Voir de l'humble vertu briller la pureté.* Une vie pure
et des mœurs simples, unies à la sagesse de sa doctrine, en
manifestaient la sublimité. On ne peut qu'appliquer à l'humilité de Jésus, ces mots de S. Paulin : *Sic subjici, super
mundum stare est.* « Se soumettre ainsi, c'est être au-des-
» sus du monde. » *Epist.* 4.

[3] *Et de la bienfaisance éclater les miracles.* Ces actes
éclatans n'étaient, comme les actions de sa vie, que l'expression ou la manifestation de ses vertus. Ils tenaient plus,
dit Bossuet, de la bonté que de la puissance, et surprenaient moins l'esprit des spectateurs qu'ils ne touchaient leur
ame. *Discours sur l'Histoire universelle, part.* 2.

[4] *Et la beauté du corps peignit celle de l'ame.* La figure
de Jésus, d'après ce qui a pu nous être transmis de ses traits
par la tradition et les représentations pittoresques, devait
être belle et exprimer une douce sérénité : mais ce que nous
lisons dans les écrits des Évangélistes, nous donne en même
temps l'idée d'un caractère élevé et grave qui dut prêter une

(*L'homme épuré. Dieu sans figure.*)

MAIS du Temple le Dieu restait toujours voilé[1].
Rayonnant dans un Chef et sur le front du Sage,
Dieu ne s'offre aux mortels qu'à travers un
    nuage[2].
Comme un ver rampant meurt et ressuscite
    ailé[3];

---

noble expression à sa physionomie. C'est de là que Bossuet
a dit, sans doute, qu'on voyait dans Jésus une autorité et une
douceur qui n'avaient jamais paru qu'en lui. L'effigie du modèle s'est altérée insensiblement, à mesure que l'idée origi-
nale et collective s'est affaiblie. Raphaël et le Guide ont
donné au Christ une expression gracieuse ou touchante :
voilà tout. Il a un caractère plus sévère chez Annibal Car-
rache, et dans les cènes de Léonard de Vinci et du Poussin :
mais le caractère élevé et majestueux manque toujours.

[1] *Mais du Temple le Dieu restait toujours voilé.* Le
voile du Temple se déchire enfin, lorsque Jésus expire. Il
faut être devenu semblable à Dieu, dit l'Apôtre, c'est-à-dire
être dépouillé de ce corps, pour voir Dieu tel qu'il est.

[2] *Rayonnant dans un Chef et sur le front du Sage,*
Dieu ne s'offre aux mortels qu'à travers un nuage, etc.
Le rayonnement de la lumière divine n'est, pour l'ame

C'est quand l'homme a percé son enceinte
    grossière,
C'est quand du Sanctuaire un jour pur a brillé,
Que la grandeur paraît sans ombre, sans
    mystère.

---

humaine plus ou moins offusquée par ce qui l'entoure, qu'une
image faible et bien imparfaite de la Divinité.

> Jour céleste ! tu luis ; mais ta vive lumière
> Aux seuls hôtes des Cieux se fait voir toute entière :
> Il n'en tombe sur nous que des rayons voilés.
>
> Corn. Imit.

*Lucet Cœlis dies perpetuâ claritate splendida , sed
hîc non nisi à longè et per speculum,* dit l'auteur de
l'Imitation, d'après ce passage de S. Paul : *Videmus nunc
per speculum in ænigmate ; tunc autem videbimus facie
ad faciem.*

> Nos clartés ici-bas ne sont qu'énigmes sombres :
> Mais Dieu, sans voiles et sans ombres ,
> Nous éclairera dans les Cieux.
>
> Trad. de Rac.

Comme un ver rampant meurt et ressuscite ailé.
Voyez , sur cet emblème si connu, la note 1 de la page
suivante.

(La vue de l'Être infini.)

COMME en se dirigeant vers l'astre qui l'éclaire,
L'insecte resplendit des plus vives clartés [1];
L'ame alors déployant toutes ses facultés,
S'élance, voit, saisit Dieu, la nature entière [2];
Et de l'ordre éternel découvre les beautés;
Et désormais nageant au sein des vérités,
A la source du feu va puiser la lumière.

---

[1] *Comme en se dirigeant vers l'astre qui l'éclaire,
l'insecte resplendit des plus vives clartés.* Cette comparaison est la suite de l'emblème figuré par le ver, qui, d'abord larve rampante, et ensuite chrysalide immobile, se
développe, et devient un insecte ailé des plus vifs et des
plus brillans.

[2] *.... Saisit Dieu, la nature entière;* non cette nature
grossière, informe et changeante; mais une nature vive et
vraie dont celle-là n'est que l'enveloppe, une nature régulièrement ordonnée, et belle sans altération.

FIN DE L'ODE.

~~~~~~~~~~~~~~~~~~~~~~~~~~~~~~

PRIERE.

———

Toi qui siéges aux Cieux, ô notre commun Père !
Que par-tout de ton nom brille la sainteté.
Que ton règne s'approche ; et que ta volonté ,
Ainsi que dans le Ciel , soit faite sur la Terre.
Donne-nous, chaque jour , le pain réparateur.
Comme nous pardonnons , pardonne-nous l'offense.
Ne laisse point tes fils en proie au tentateur;
Mais qu'ils soient tous du mal sauvés par ta puissance.

AMEN.

ODE

SUR

L'ETRE INFINI,

OU LE PRINCIPE

VERS LEQUEL TEND L'INTELLIGENCE HUMAINE.

Texte revu , avec l'addition des citations de l'Écriture.

———

Où porté-je ma vue impuissante et hardie?
La mer ne fut jamais par l'homme approfondie (1) :
Et l'homme ose des cieux sonder l'immensité !
Il croit te découvrir, sublime Vérité (2)!
Il croit, lorsque le Temps circonscrit son génie,
Mesurer le rayon de la sphère infinie ,
Et pénétrer au sein de la Divinité.

DIEU, de la vie humaine, a borné la carrière :
Qui peut borner de Dieu le règne illimité (3)?
Les traits brillans du jour, du soleil à la terre
Franchissent l'intervalle avec légèreté :
La pensée en son vol, plus rapide et plus ferme,
Se fatigue, s'épuise, et n'atteint point le terme
Où s'arrête le Temps devant l'Éternité.

———

(1) Job, xxxviii, 16. — (2) Isaïe, xlv, 15. — (3) Baruch, iii, 25.

Toi qui suis, dans les cieux, ces Corps que tu
dénombres (1),
Art savant, au calcul, soumets l'infinité.
Qu'exprimant l'étendue, un long ordre de nombres,
Sans cesse, en avançant, à lui-même ajouté,
Soit au plus haut degré de puissance porté;
As-tu trouvé le fond de ces abîmes sombres?
Vains efforts! l'infini tout entier est resté.

C'est Dieu, c'est le Soleil éclairant l'Empyrée,
Qui seul luit par-delà l'espace et la durée (2),
Parcourt, mesure tout, voit tout du même point,
Ne s'est jamais levé (3), ne se couchera point (4).
Qu'un nuage léger voile un instant sa face,
Dans la nuit du néant, le ciel, la terre au loin
Disparaît comme un trait, et l'univers s'efface.

Où s'offre un Dieu si grand, que manifeste en nous
Ce penser, ce cœur plein de desir, d'espérance (5)?
Astres majestueux, avec vous je m'élance
Vers le centre commun où vous gravitez tous.
Vous guiderez mon vol aux célestes demeures.
L'instrument qui nous montre et dispense les heures,
N'est point mu sans ressort : sans loi le seriez-vous (6)?

---

(1) Genèse, xv, 5. — (2) Job, ix, 8. — (3) Job, ix, 7.
— (4) Isaïe, lx, 20. — (5) Philipp. iv, 19. — (6) Jérémie, xxxiii, 25.

Lᴀ Terre a fui : je vois comme un point (1) ces
royaumes
Que dispute à l'orgueil l'ambition des hommes.
Jupiter, dans l'abîme aussi tu t'engloutis.
Je t'aperçois, *Saturne* : achève ta carrière ;
Après trente ans reviens aux lieux d'où tu partis.
Dieu du jour, dans *Herschel* vois mourir ta lumière :
D'un soleil plus brillant j'ose franchir la sphère.

Qᴜᴇʟs degrés imposans d'un ordre harmonieux (2)!
L'astre plus grand nourrit des mondes plus nom-
breux.
La vie est plus active à sa source profonde ;
Et l'ame, en son essor, vole de monde en monde.
C'est l'Échelle où *Jacob* voit les êtres monter (3) :
Échelle, appui sublime où mon espoir se fonde,
Au ciel des cieux par toi *Paul* se sent transporter !

Mᴀɪs quoi!..... suis-je au sommet? l'œil cherche
l'Astre immense.....
Sur la sphère des sens plane l'intelligence :
L'Esprit pur, par un corps, serait-il circonscrit (4)!
Ce qui n'est point borné, ne peut être décrit.
La main ne peut toucher, l'œil voir, l'oreille en-
tendre (5)
Celui que tous les temps, les lieux n'ont pu com-
prendre....
Un nom seul apparaît, sur l'univers, inscrit.

---

(1) Isaïe, xʟ, 15. — (2) Sag. xɪ, 21. — (3) Gen. xxvɪɪɪ,
12. — (4) Prov. xxx, 4. — (5) I Cor. ɪɪ, 9.

Rien n'est beau, rien n'est vrai, n'est grand que
    l'Être même!

Il ne se montre pas : Dieu voulut, par l'emblême
D'un tout majestueux, s'annoncer à l'esprit,
Et se réfléchissant dans ce vaste système,
A l'ensemble attacha son nom, son nom suprême,
IL EST (1)! lorsque tout change, et, dans le temps
        prescrit,
Paraît, croît un instant, décroît, tombe et périt...

Mais l'homme pense et veut; il tient de Dieu l'es-
    sence (2) :
Il doit comme la flamme à son foyer s'unir,
Voir Dieu, le pénétrer!... Un rayon d'espérance,
Dans l'ame d'un mortel ranimant le desir,
J'ai voulu m'élever au sein de l'Être immense;
Une voix crie : *Arrête, homme impur, qu'oses-tu?*
Tu n'es, tu ne peux rien, sans Dieu, sans la vertu (3).

Par un poids invincible, entraîné, je retombe....
La Terre est ma prison (4) :..,... serait-ce aussi ma
    tombe?....
Quoi! ces esprits grossiers qui, de la fange nés,
Y rentrent, produiraient l'action, le génie?
Non; la matière est mue, et sa sphère est finie.
Le présent peut combler tes appétits bornés,
Stupide instinct : mon ame a faim d'une autre vie (5).

---

(1) Exod. III, 14. — (2) Gen. I, 26. II, 7. — (3) Ps. LIX,
14. — I Cor. VI, 14. XV, 43. — (4) II Cor. V, 1, 4. —
(5) Ps. XLI, 2.

ACTIF, j'existe au loin, et vis dans l'avenir.
L'homme se développe; il veut aimer, connaître,
Veut devenir heureux : il est donc fait pour l'être.
Ah! l'espoir, dans les maux, soutient seul le desir (1).
Noble et douce espérance! Eh! qui peut mécon-
       naître
D'un sentiment divin le charme consolant?...,
C'est le Vice qui hait et nie un Dieu puissant.

AVIDE, il ose tout, veut être libre et maître.
Ambition impie!.... ô quels maux vois-je naître!
Monstre aveugle et sans frein, la fausse Liberté,
Foulant aux pieds les lois, les mœurs, l'humanité,
Tyran barbare et vil, dépouille, outrage, opprime.
Qu'un Prince généreux arrête enfin le crime;
Le monstre est abattu : le Vice est-il dompté?

DIEU! c'est par toi qu'enfin la Paix et la Justice (2)
S'embrassent pour jamais, et triomphent du Vice.
Il fuit avec l'Erreur, devant la Vérité.
La Vérité, Seigneur, me montre ta Bonté (3),
Ce gage du bonheur promis par la Puissance
Qui d'un doux avenir crée en nous l'espérance,
Le germe, l'avant-goût de la félicité (4)!

---

(1) Rom. XII, 12. — (2) Ps. LXXXIV, 11. — (3) *Ibid.*
—(4) Tit. 11, 13.

Qúand mon ame aspirait après son bien paisible ;
Qui donc a pu, grand Dieu, te rendre inaccessible?
Ah ! c'est l'étroite enceinte où l'homme est resserré.
Par l'organe des sens faiblement éclairé,
Voit-il, peut-il saisir l'Être qui leur échappe?
Et cette voix encor retentit et me frappe :
L'homme est par la vertu sur la Terre épuré (1).

Quel mortel connut Dieu, ses grandeurs ineffa-
        bles?
Ézéchiel, peins-nous, terrible, menaçant,
Dieu, dans tes Visions, poursuivant le méchant :
« J'ai vu, parmi le feu des éclairs effroyables,
» L'Éternel s'avancer, sombre comme la nuit (2).
» J'ai cru, voyant son char, voir des chars innom-
        brables,
» Et d'une armée en marche ouïr l'horrible bruit (3).

Leur corps, sans s'arrêter, se frayant un passage,
» S'élevait, s'abaissait, par l'Esprit, animé,
» Et d'yeux étincelans était tout parsemé (4).
» Dieu tout-à-coup éclate, et fond comme l'orage.
» L'Ambition, l'Orgueil, dont il brise le front,
» Et l'Impie écrasé, qui se survit, ô rage!
» Invoquent le néant : L'Éternel seul répond. »

---

(1) Ps. lxv, 10. — (2) Ezéch. 1, 4. —(3) Ezéch. 1, 24.
— (4) Ezéch. 1, 18, 20.

Des humains, *Isaïe*, à son sceptre dociles,
Peins un Dieu souverain, au haut des Cieux assis (1),
« Qui règle, qui meut tout, sans mouvoir les sour-
                » cils,
» Sur un Monde agité, fixant des yeux tranquilles ;
» Tandis qu'autour de lui la paix et le bonheur
» Comblent ses Saints ravis, dans leur joie immo-
                » biles,
» Comme d'un vêtement couverts de sa splendeur(2). »

TEL, quand l'Être infini, par sa bonté prospère,
Laisse les nations sous un Roi respirer,
Dans le Chef d'un grand peuple on aime à révérer
Un pacificateur, un bienfaiteur, un père.
Et quel Homme, quel Dieu (3), vint jadis sur la
                Terre
Cimenter par ses lois, avec la paix du Ciel,
Le bonheur que promet et donne l'Éternel !

ON crut de la Sagesse entendre les oracles,
Voir de l'humble vertu briller la pureté,
Et de la bienfaisance éclater les miracles (4).
La grâce adoucissant en lui la majesté,
Exprimait la puissance unie à la bonté.
Amour, tu tempérais ses regards pleins de flamme ;
Et la beauté du corps peignit celle de l'ame.

---

(1) Isaïe, LXVI, 1. — (2) Isaïe, LII, 1. Psalm. CIII, 2. —
(3) I Timoth. 11, 5. — (4) Act. 10, 38.

Mais du Temple le Dieu restait toujours voilé.
Rayonnant dans un Chef, et sur le front du Sage,
Dieu ne s'offre aux mortels qu'à travers un nuage (1).
Comme un ver rampant meurt et ressuscite ailé,
C'est quand l'homme a percé son enceinte grossière,
C'est quand du Sanctuaire un jour pur a brillé,
Que la grandeur paraît, sans ombre, sans mys-
    tère (2).

Comme, en se dirigeant vers l'astre qui l'éclaire,
L'insecte resplendit des plus vives clartés;
L'ame alors, déployant toutes ses facultés,
S'élance, voit, saisit, Dieu, la nature entière (3),
Et de l'ordre éternel découvre les beautés,
Et désormais nageant au sein des vérités,
A la source du feu va puiser la lumière.

---

(1) I Corinth. xiii, 12. — (2) Ibid. — (3) Apoc. xxi, 1.

www.ingramcontent.com/pod-product-compliance
Lightning Source LLC
Chambersburg PA
CBHW060453260626
47161CB00005B/2088